Sístole

poemas

MÔNICA DE AQUINO

Bem-Te-Vi

CIP-Brasil. Catalogação-na-fonte
Sindicato Nacional dos Eleitores de Livros
A669s Aquino, Mônica de, 1979
Sístole : poemas
Mônica de Aquino. - Rio de Janeiro : Bem-Te-Vi, 2005
100p. : . -(Canto do Bem-Te-Vi)
ISBN 85-88747-14-6
1. Poesia brasileira
I. Título. II. Série.
05-1242 CDD 869.91
CDU 821.134.3(81)-1
18.04.05 22.04.05 009905

Bem-Te-Vi

Av. Presidente Wilson, 321, 10º andar
Centro, Rio de Janeiro, RJ
Cep 20030-021
Fone: (21) 3804.8678
Fax: (21) 3804.8670
E-mail: bem-te-vi@bem-te-vi.net
www.editorabemtevi.com.br

Editoras Responsáveis
VIVI NABUCO E LUCIA ALMEIDA BRAGA

Editora Executiva
LÉLIA COELHO FROTA

Assessoria Jurídica
MANOEL NABUCO

Comissão de Poesia da Coleção Canto do Bem-te-vi
ARMANDO FREITAS FILHO
LÉLIA COELHO FROTA
LUCIA ALMEIDA BRAGA
LUIZ PAULO HORTA
SILVIANO SANTIAGO

Design Gráfico
FERNANDA PINTO

Revisão dos autores

Ao amigo Mário Alex Rosa,
pelo incentivo e apoio decisivos.

Babushka
Darkens and tarnishes and when

The balled
Pulp of your heart
Confronts its small
Mill of silence

Sylvia Plath

Ponto-cego

Boneca de porcelana
souvenir de viagem –
branca
falsa –
como a memória.

E, cada lágrima,
plástica,
sorriso de babushka –
presa
na primeira casca (ou casa)
curvas exaustas

(um não gordo
que se debruça sobre o sono;
tamborilando).

O corpo, um fio
para a lanterna de papel japonês.

Se o nós, desatado
o fio volta
ao cordel de um deus.

A cabeça roda
rola, flutua
[até o teto da sala
num céu de palavras:
algumas mortas
almas penadas
outras, as águas –
e o teto, não há.

Basta um furo
e a lanterna
se destoa de si

e fica ali,
à-toa
na estante –
longe dos jornais
dos diagnósticos;
costurando pórticos
[e um minúsculo deus.

Boneca
incômoda
réquiem de uma lembrança –
na gaveta do amanhã.

Trançado opaco
de peso de papel.

Babushka oclusa
recorte
borda de algum segredo
no quase destampar-se –

um mínimo totem
a cada encaixe –
e o susto nenhum.

O que há de vida,
quinquilharias
azul
cadente,
talvez;
aquém do que se lê.

Além do que se
quer.

Coelho
devorando
crias
tempo
devorando
filhos
espelho
devorando
alma:
espectros
(olhar dissolve).

Corpo
entre
umidade
e trégua.
Entregue
entre
aberta
e concha.
Engoles.

Quebrar o brinquedo é mais divertido.
Orides Fontela

O balão
sobe sobe sobe
voa voa livre
das mãos pequenas
e ansiosas.

As lágrimas
da criança
desenham o gesto.

Balões são brinquedos distraídos
e viverão trancados
amarrados ao apego.
Não mais comprará
balões com alma.

Quer balões
que não vão embora
que não resistem
à morte
no abraço.

O que alcanço
agarro.
E o excesso é cansaço
mas sigo cega e não paro.

O que conquisto
devoro.
E como quase sem fome
sem o sabor do que exploro.

O que desprezo
preciso.
E entre o que tenho e o que quero
profundo elo
e abismo.

No quarto, a luz desliza
afoga a menina
no olhar de labirintos.
Na curva
o canto
abriga
flores de meia fina –
beleza sem perguntas.
A cama, a escuta
(sussurros da penumbra)
a noite em abandono.

Há sombra nos contornos
há busca por estrelas
quebrar parede e teto
(destroços do concreto)
redescobrir o outro
disparo amparo guerra.

E entre lume e treva
amar quem observa.

Ser lago.
E ser terra.

A noite
liberta sombras
e seu passeio invisível.

Estrelas adormecidas
cintilam um desfile
lasso.

A lua
irônica ri
com seu escalpo roubado.

A noite é dela
o céu é dela
sua luz falsa
brilha
e arde.

Alma
entre grades
de ossos.

Tremor
refratado
nas vértebras.

Garras rasgando
a garganta
estreita.

Sempre o mesmo movimento
sobre o lago de espelho

a mesma nota
de cor
a volta a esmo
ao redor de si
o mesmo si
lá sol –
giro agudo
corpo extremo.

São os teus dedos
que põem a bailarina
de pé
ao som do mínimo
ruído
do talvez.

A bailarina, não vês.
Os teus sentidos só sabem
o ventre da engrenagem.

Sob a túnica, a caixa
já desliza uma falha
no compasso bate-estaca
o sangue
urgente bate
escapa
e a bailarina
roda roda

O coração,
à corda
caixa de música
contra o espelho

caixa preta
ao avesso.

E a bailarina, esticada
roda e roda
e não anseia
senão
o fundo da caixa
uma noite aveludada.
A tampa fechada.

O mar seduz
e aumenta a sede.
O excesso é pouso
e armadilha.
Bebo desvios
na sede estreita
e rarefeita
respiro chuva;
a fonte curva
me cristaliza.
Preciso portos
e planto ilhas.

Extra-sístole

Hoje, nenhum atalho
atira
do quarto

nenhum
a

Não há
contudo
enquanto
porém

é isso:

ninguém
a

A casa,
um ar
qualquer
um isso de algo
que não

o chão, o teto
talvez;
o vão.

E, na hora H,
nem por isso

pois isso é tudo:
a pele
muda
a casca verde
                    (nunca o fruto;
                    o furto, revés)

abriga
a carne mole
sem passos
sem –

só palavras
                    [e uma carícia no casco.

Só um, há
                    [se, todavia, sequer
solo em a
(expectativa de
consoantes que cantem ruídos).

A vogal, muito aberta;
não diz.

Estreito labirinto
de memória.
Carícia em cadáveres
insones.

Culto de esqueletos
na negação
da pedra.

Encanta
o sermão sacana

que engana:
profana
acessos

inverso
desejo
aceito

o jeito
de não ser.

E o olhar
através.

Raiva e esquiva
o que outrora era
desejo
fim do começo
último beijo
na partida
a despedida
onde carícia
é atropelo.
Fim do apelo
enfim o vício
a vista
oculta
ao fim da curva
a fala
muda
o estribilho.

Raiva esquiva
o que outrora era
abrigo
fim do perigo
último aviso
na partida
a despedida
onde ferida
é exílio.
Afeto aflito
o fim
o vício
a vista
turva
o fim da curva
a fala oculta
a dor
acura.

No céu da boca
sombra
estrelas
fome oculta
no céu, sal e saliva
a concha
o mar aberto
nos olhos
maré-cheia
deságua
gota a gota
nos lábios
dor salobra
veneno
com afeto.

O teu amor distraído
alimenta um peixe cego
que desvela oceanos
faz-me abismo, queda breve.

O teu amor distraído
é peixe ébrio, disperso
oculto e denso universo
alimento que a mor te ce.

O peixe que ontem
sugava transparências
amanheceu morto de excesso.
A morte é leve
e pesa a superfície.

Encheu-se o aquário
de vazios
e rastros esparsos sobre o vidro
confundem memória e silêncio.

O peixe que ontem
mastigava a ausência
destilou-me a espera.
A vida breve
dispensa a superfície.

Encheram-se de vazios
os meus restos –
iscas dispersas entre as águas
confetes que não me alimentam.

O peixe que ontem
distraia precipícios
enfeitou amor e luto.

A vida é febre
e ferve, e agora
é recriar o aquário oculto
limpar vidro, excesso
líquido.

Limpar o peixe: comê-lo;
e transbordar
o vazio.

Amar o que
não é.

Amar o que
é não.

Não
amar.

Não.

Antes que partas, estranho
quero que saibas
do meu desejo tamanho
deste obtuso desejo
quero deixar-te meu beijo
e reviver-te, não na presença
mas na displicente ausência
na incoerência exata
que te trazem (mais breve)
que me tragam (velada).
Dolorosamente alegre.
Estranhamente vaga.

Fibrilação

Epicentro disperso
na aspereza
da forma.

O corpo
a guarda
a carne
a flâmula.

Foco fluido imerso
na densidade
do centro.

A força
em flamas
em flores
cratera.

Epicentro no ponto.
Atrito sôfrego.
Terra.

Rasgos
no ponto-cheio
do meu corpo
contra teu corpo
alinhavado.
Tecido suturado
ponto-cego do desejo.

Agora, desabotoa-me a pele
atravessa-me.

Veste-me teu corpo
de seda e silêncio.

Corpo imposto
        aposto
ao teu rosto incerto
deserto
que a lua traga
vagas no plágio
do teu gosto
plagas de areia
búzio surdo –
sumo –
fresta   (ferida)
fundida
em teu fogo-fátuo.

Cálice
na flor de espuma.
Tua língua estrangeira,
seiva
          (atalho)
pétala de sangue pisado
gume na garganta seca
         – talho –
teu tato em tons de violeta
opala que te escancara,
e a mim, dor púrpura:
hematoma
nódoa sob escamas
valvas fluidas.

Tua boca, crua
labareda, franjas
vermelhas, rugas
turvo o teu olhar de água

distante, a alma
instantânea:
fechar de pálpebras.

Quero teu amor
de aspereza
diáspora na neve
prenúncio do degelo.
Dissolver-me
no sal da tua pele
do teu orvalho
que acende a madrugada.
Amor de pedra
partida
desferida contra
o fundo falso
afeto tácito
cadafalso
de um pudor por nada.
Ar que se ausenta
neste arfar de falta.

Sopro e sono
no cais do corpo.
Relógios úmidos.
Sístole
diástole
contagem regressiva:

explosão esquiva
dispersão e números
vapor no prazer
que é véspera.

Amor
sem ponteiros.

Não mais a faca cega do desejo
o corpo cego rente ao tato.
És, agora, noite abstrata
que disseco
com a lâmina da língua.
Se te ausentas em minha cama
subjugo-te a uma fome outra
                    [sem face
estreito-quase-pouco
no livor da fala
uso-te:
câmbio clandestino
sensações pensadas.

Às vezes, escolho amar-te.

Reverberação
em quartos fechados.
Insistência, amor, engano.

Não, hoje estou cansada
quero um soneto
uma sonata
café e leite
amamentar-me
e um desvario
cotidiano.

Refluxo

e, agora,
aguardar a floração
(senão
em cada galho
          [e galha
do pulmão;
nos quatro vácuos
do coração)
músculo
e s t i r a d o
em toda poça que se volve
até destilar a seiva escura
no poço fundo,
oco
     [a cada inspiração;
e, na volta, um soco
(ou sopro, saída
de emergência)
aorta
que destoa das filhas:
carótidas
poluídas
nas vagas do pensamento.

A flor ecoa no peito
murcha
escoa –
e tudo
que cala
expira:
o prazo, a válvula,
a galha que não pare
asas;
e tudo que dói, fibrila
                    purifica –
senão:

Aceita
o silêncio
distraído

incêndio
diluído
em gestos breves

o corpo
condensado
em ausências

a alma
espiando
entretanto

Rasgos
no acaso:
o olho
espreita.
Aceita.

Rasgos
no afago:
o olho
acolhe.
Acusa.

Rasgos
no espaço:
o olho
camufla.
Condena.

Rasgos
na senda:
o olho
expõe
e escolhe.

Rasgos
na série:
o olho
recusa.
Arrisca.

Rasgos
na vida:
o olho
se fecha.
Perscruta.

Olhos abertos
no quarto escuro.
Esqueletos de lâmpadas
indagam-me.
O interruptor
grita na treva;
desvela
a luz possível
no invisível.

No início
o silêncio
voz fecundada, estrondo
vazio
ferindo versos
universo
mãe de estrelas
luz parida
entre trevas.

No início
Verbo e terra
explosão, todo
e partícula
vida
que se fez Eva
que se fez homem.

No início
dor materna
fogo
amor, ungüento
filho rompendo
o corpo.

No início
pó e sopro
desenlace, alimento
vida a verter
no ventre
o Deus disperso.

No início
vesta e verso
homens gestando
mundos

Eva comendo
o fruto
flores do
livre-arbítrio.

No início
o encontro
corpo e confronto
conflito
o infinito.
O útero.

À Tua
Imagem,
água
viva:
sangue
suor
saliva.

À Tua
margem,
terra aflita:
água
espelho
ilha;

e fluidez
em Teu leito:
Deus rarefeito
contrário –
leis aquáticas
áridas –
universo
lácteo
impacto
das vagas

lagos imersos;
orvalho.

Barco bêbado
desejo de um porto.

E a bússola
é o vôo
e o retorno
com ramo
de oliveira e esperança.

Cume seco
dilúvio além do corpo.

Fuga na urgência
explosão da falta
e a certeza
solidão serena.
Força furtiva
fortaleza vítrea
e a certeza
negação do exílio.
Fome e fastio
dispersão na farsa
e a certeza
o saber ser lenta.

Amor
lavrado
no corpo
ungido.

Amar
resquícios
da tarde
vaga.

Lápis
sobre o nada.

Da viagem
paisagem
apenas

e passos
exatos
pro talvez.

Soberba
que se curva;
de viés.

Sempre à mercê do latejar de um músculo.

Paulo Henriques Brito

Agradecimentos

Ao querido Armando Freitas Filho, por toda gentileza e ajuda, e pelo convite que tornou possível esta publicação.

Aos amigos Alécio Cunha, César Gilcevi e Marta Drummond, pela leitura sempre atenciosa e cuidadosa.

Mônica de Aquino nasceu em Belo Horizonte, em 1979.
Possui poemas publicados no Suplemento Literário de Minas Gerais.
Este é o seu livro de estréia.

Este livro foi impresso em maio de 2005 para a Bem-te-vi Produções Literárias Ltda em papel Pólen Soft de 80 gramas, com tiragem de 1000 exemplares pela Imprinta Express Ltda. Rio de Janeiro, RJ.